# 百万遍界隈

永田和宏歌集

青磁社

*

# 目次

一九九九年

装幀　中須賀岳史

歌集

# 百万遍界隈

装幀　中須賀岳史

一九九九年

## 梵天

いちれつに日を浴む亀がこちらからつぎつぎ池に飛び込みにけり

ぼうぼうと物を忘れて生きゆくもおろそかならず日盛りの亀

風に瞑目　亀に倣いて目つむればひかりは零《ふ》れる心底ひとり

椋の木の黄葉のしたのひだまりに伸び縮みして時は移ろう

うっとりと椋《むく》の黄葉《もみじ》の透ける葉のむこう夕日がしわしわとなる

梵天の一日《ひとひ》の長き退屈に椋の落葉もひかりつつ降る

椋の葉はざらざらなのよと向こうむき竹箒の柄につかまりながら

身丈より高き箒の竹箒もちて出てゆきまだもどり来ぬ

陽に照りて大き椋の樹わが老いて呆《ほう》けて死するもこの椋のもと

みずぞこの朽ち葉のうえをゆく亀は影くっきりとすべらせてゆく

まっすぐに水路切られて翳りつつ照りつつ水は北に流るる

山腹を抜けて蹴上に出できたる疎水は水を直角に曲《ま》ぐ

魂を抜くため僧はあつまりて読経をはじむ仁王の寄り目

石臼の窪みに冬の陽は射せり人はようやく死なんとするも

時かけて老ゆるは佳《よ》けれ喬《たか》き枝《え》も低き枝《え》も椋黄葉せり

## 三つの遺伝子

朝あさを柿の実落つるこのごろをわれに批判的なる学生ひとり

わが窓のゆりの木けやきいちょうの木もみじは移る手渡せるごと

苦しみし流体力学はるかなり照りつつ暮るる秋冷の湖《うみ》

百合の木の葉を落とす見ゆひと日《ひ》ひと日《ひ》空を拡げて百合の木は痩す

その昔日光写真を並べいし日向のにおい　膝をかかえて

いつまでわれを試すつもりか秋の陽の劇しすぎるぞダチュラはダチュラ

英語力の差はいかんともなしがたく議論半ばより聞くのみとなる

鉋屑《かんなくず》の乾ける匂いゆくりなく研究室《ラボ》抜けてただ歩きいたるに

「世界中で君だけしかやれないこの研究をどうしておもしろいと思えないのか」

今年われらが見つけし三つの遺伝子に乾杯をして納会とする

クローン人間禁止宣言　紅茸《べにたけ》のまろき頭があちらにもこちらにも

サダム・フセインまた一面に現われて濡れて届ける朝刊の端

シドニーの朝《あした》の雨を伝えくる電子メールの向こう夏の朝

そのことは

東洞院《ひがしのとういん》三条あたり影薄く歩める人らの夕暮れの影

わずかなる凹凸《おうとつ》に射《さ》す冬の光この大石《おおいし》は佛なるかも

鼻を削《そ》ぎ耳を削ぎまた頬を削ぎこの大石に佛の時間

骨として拾われん日ははるかなれ女の指の這《は》うのどぼとけ

石段がまだ濡《ぬ》れており陽の射《さ》せばそのことはまだきのうのように

＊「そのことはきのうのように夏みかん」坪内稔典

## 鰓弓

鰓弓《さいきゅう》とう原基をもちてにんげんも魚も胎児は見分けがたきも

鰓呼吸していし頃の感じなりのっぺりとうすく昼の月浮く

どんよりとだるくておもいふくらはぎ　手すりにつかまり階段降りる

脚先より影はまわりこむひえびえと来て欲望は喉を塞ぐほどに

ほこほこと西日の匂いをはこびてふわりと膝を覆える感じ

猫の毛は転がりながらゆっくりと籠《かご》をなすかも光の籠を

金網の窓のうちらに飯を食う機動隊員輸送車のなか

霞が関の桜並木は紅葉して歩道に銀の楯立ちならぶ

大いなるふぐりをさげてとら猫が塀よぎりたり夕闇となる

降る雪を容れていっそう暗くなる深泥池を見て帰るなり

へこみたるボールの凹にわずかわずか雨水たまりいる歩道橋

水袋を吊りいるごとく胃は重しゆったゆったと疲れて歩む

## 梅の時間

白梅《しらうめ》の花わずかなりもういいよそれでいいよと花は言うなり

いつ誰れが植えたかはもうわからない梅の時間におしもどさるる

こんなにも昔の時間を引き延ばし白梅咲けり畑《はた》の黒土

ほのぼのと梅の古木《こぼく》はひだまりに淡雪ほどの花を掲げぬ

フランドル派の暗い光と暗い風　梅の寡黙はわれをなぐさむ

まだ濡れている髪拭きながら透明のからだは寄り来　次亜塩素酸《じあえんそさん》匂う

橋揺れて揺れはしずかに拡《ひろ》ごれり汝が悲しむを悲しまんとす

## 脳死移植

いちど死なばもう死ぬことはあらざるを石段に雨はひかりつつふる

臓器ドナーカード署名小さく書き終えてテレフォンカードのうしろにしまう

ばらばらに臓器散らせて日本の冬の天気図どこまでも晴

しんしんと心臓一個冷えいるを先導しつつパトカーが行く

ひとつひとつアイスボックス出てゆきしその玄関の明るすぎる灯

機関車がゴトリと動きだすようにその心臓は搏ちはじめしか

山茱萸《さんしゅゆ》の花の下より歩みきて脳死移植を諾《うべな》わんとす

## 月の蟾蜍

アベリアの冬のまばらな葉に混じり旅人のごと黄蝶ねむれる

昨日も今日も同じ葉叢にとまりいる黄蝶の夢に生かされている

母を知らぬわれに母無き五十年湖《うみ》に降る雪ふりながら消ゆ

昼の月透き通りおりはじめからわれにあらざりしものとして母

母死にしのちの日月石段《じつげつきざはし》は時雨に濡れてどの石も濡る

庭に降る月の光のなまぬくさ月の蟾蜍《せんじょ》は大あくびせる

竹叢《たかむら》ゆ晩《おそ》き月のぼりはじめたり揺り出だされて月しずかなり

母を知るはもはや父のみしかれども若き日の母を語ることなし

誰だ

ふっさりと光たまれる中庭に冬帽子ひとつ冬猫ひとつ

時計台の文字盤に灯は入れられて綿虫の飛ぶ夕べを帰る

背の寒くなるまで焚火に語りいしあの頃の夢はいまもなお夢

落葉より火を立てておりなめらかな生絹《すずし》のような夕暮れの火

ノックしてエンジンの止まる感じにてときおり心臓が頼りなげなる

消火器の肩にほこりを積もらせて死にたいほどに空は晴れたり

批判するならまっすぐ見よと言いたればまっすぐわれを批判しはじむ

誰だこの場にその高笑いアメノウズメのようにはしゃぎて

沈黙を象《かたち》となして座りおり春の駱駝は瞑想をする

与謝野禮巖ラムネを発明せしことも蛇足として短く講話を終えき

地下鉄を出で来しところ金属の寒き光を並べ売りいき

つまらなそうに地べたに尻をおろしいつメートル四方に鎖を並ぶ

甘栗の赤き袋はあたたかい三条すぎてまだあたたかい

マドラス

国立中央皮革研究所ゴウリー教授の肩よりサリーの襞は流るる

買い込んでゆきたる水で歯を磨く清潔な国日本の民は

ニイサンと呼ばれ振り向くマドラスの埃に男　ガラス玉を売る

警笛を鳴らしつづけて駆け抜けるインドのタクシーただ走るなり

犬や牛山羊人間のまきあげる埃のなかに我のみ希薄

罐を銜《くわ》え砂浜を躄《いざ》りゆく男　手足なくして生くということ

男出て女出て少女も歯を磨く手押しポンプの水のまわりに

インドルピー換算すばやくし終えてまずおもむろに値踏みをはじむ

高千穂

対岸に天《あま》の岩戸を見ておれば目交《まなか》いに冬の蠅あらわれて消ゆ

古代銀杏《こだいいいちょう》の細長き実は売り切れて婆《ば》さまが袖より三粒をくれぬ

降《くだ》り落ち水が水撃《う》つ音ひびく高千穂峡に陽は深く射す

高千穂に水湧くところ水底《みなそこ》に影すべらせて鯉むれ泳ぐ

高千穂の深き峡より見上げればはるかなり架橋を汽車渡りゆく

直截《ちょくせつ》は猥雑にして夜神楽に笑いは湧ける暗き隅より

男《お》の神がつと客席に降り来たり吾妻《あづま》を抱けりどっと囃せる

高千穂の神楽酒造の焼酎の「若山牧水」髭の濃かりき

奪衣婆

白鳥の吃水浅くすべりゆく池の面《も》かすか雨に濡れいつ

まるい頭《あたま》の郵便ポスト見つけたりヌメリイグチのごとく濡れいつ

郵便ポスト赤く濡れおり時雨《しぐ》れいる藁天神《わらてんじん》の角《かど》の明るさ

ガーゼのマスクいつもしているわが妻の素顔忘れて歩む坂道

ひどくちいさき顔と思えりマスクより目だけ覗いてさびし万作

押し花のように透きたる蠅出でぬ「往生要集」の厚き中ほど

奪衣婆《だつえば》のごとく寝間着を剥ぎゆきて妻元気なり日曜の朝

両の手に湯のみを包み聞く今朝はことさら妻の機嫌悪けれ

友人としてならそんなわがままもゆるせるだろうみずたまり飛ぶ

こんなにもぶっこわれてしまったわたくしに優しくあれと言えば従う

たった四つの鍵にて足れるわが日々に家を捨つれば鍵ひとつ減る

紙風船の銀の口よりこぼれいてひとつふたつと吐息のごとき

春の水ぬるきに指を遊ばせて昨夜《きぞ》のかなしき声を思える

綿棒を如意棒のごと引きだして窓を見ている人のゆううつ

早春の暗い光は水仙を美しくすと女声《じょせい》しずかなり

## 旧街道

梅の花咲ける朽木の旧街道抜けて急げる叔父の死までを

軒下に雪は汚《よご》れて残りいつ旧街道は川に沿いゆく

母につながる最後のひとり逝きたりきかの夜と同じ人ら集い来《く》

## 無為

葉桜に小さき水は覆われて水面《みのも》暗けれ時を闌《た》けしむ

生意気は良し横着は許さぬと伝わりがたきを繰り返し言う

寝不足の声にも目にも力なく学生のまえにたじたじといる

いちにちの無為をよろこび水面に浮子《うき》沈むまでをただに見つむる

国士無双ばかり狙いていし頃の若さは無惨それのみにあらず

王将は裏ましろにて「成る」ことのできねば隅にたいせつに置く

わが庭に住み着きし狸、子を成せり。五匹の子ら、庭を走りまわる。
下駄を銜え走るさま、わが手より餌を受くるさま、犬の子と変わるなし。

愛嬌があって間抜けとう役柄に嵌まりつつ夜ごとたぬきは待てり

あざみうま

いつだってにんげんに戻れるという顔で電柱の端《はし》に烏《からす》はいたり

そろりそろりと疑うようにまわっていた巨大風車が夢にもまわる

空をゆく駱駝ゆっくりかたむきてするするとわが咽喉に流れ来《く》

黒合羽《くろがっぱ》三人が来ておもむろに雨中の竹を伐《き》りはじめたり

おびただしく竹は伐られてなおも濃き竹の林に雨降りつづく

竹叢《たかむら》ゆ竹を引きこしいちにんの背後に孟宗の暗くさやげる

伐られたる竹の切り口白く浮き人は傍《かた》えに深くうなずく

ことさらに今日は息子を褒《ほ》めあげる妻の鬱屈竹に降る雨

きみが正しければぼくがまちがっている　この単純の逃れがたしも

立葵《たちあおい》陽をはじくまで揺れ揺れてもうこの辺でいいでしょうと言う

ひと呼吸ごとに螢は光るものほたるに同調する闇の量《かさ》

人は哭《な》く嘆くなにゆえ畳にはあざみうま一匹影薄くいる

吃水ふかき感情とこそ思いつつしずかに嘆く人に添いいつ

言い訳の多き男がさっきから出しては仕舞いまた出すハンカチ

ズパッタズパッタ老いし教授が前をゆく己が歩みを楽しむように

行合神《ひだるがみ》とりつきし気配に首垂れて中央分離帯につづく向日葵

田の窪におたまじゃくしは揉みあえりつるりと喉越しのうまそうな奴ら

きゅるきゅると泥田を走る蝌蚪《かと》の類の菩薩のようなふくらみを見つ

おたまじゃくし見つめすぎたり立ち上がる刹那眩《くら》みて遠き昼月

土壁《つちかべ》の古き崩れのひとところ陽《ひ》の窪《くぼ》となる　百年も在るように

テーブルのむこうの端にくちなしを押しやりて稿のまとめにかかる

歌人の仕事

缶ビールの缶をつぎつぎ握りつぶし卓に積みこの男まだ酔わぬ

後半生という茫漠とした時間、納屋に斜めに月光は差す

朝あさに「毛沢東秘録」を読み継ぎてもう夏今年の夏の短し

＊産経新聞朝刊連載

見つからぬ本のひとつなり赤皮のわが「毛語録」小さかりしが

テポドンのやがて漁礁となるまでを三陸沖に月ののどかさ

いい歌を伝え残すも大切な歌人の仕事と馬場あき子言いき

おのずから秀歌は後世に残るなど本気で言う奴うなずける奴

# 家族

夕風に薊の絮《わた》が飛びはじむあなたの鬱は今日すこしいい

名前にてわれを呼ぶことなき君がヒメジオン抱え向こうから来る

捨てに行く捨てて帰り来《く》　どちらともわからぬ夢の坂のなかほど

月見草の咲く坂だったどうしても捨ててきたものが思い出せない

ひっそりと忘れられつつ生きること無理だろうわれにそのうつくしさ

月光に熨《の》されて凪げる夜の湖《うみ》　死を思う死はまだ先のこととして

君のおかげでおもしろい人生だったとたぶん言うだろうわたくしがもし先に死ぬことになれば

線香花火買いて息子の家を訪う孕める人に火の色黯《くら》し

火の雫支《ささ》うることのむずかしさ三人で囲むなかの小《ち》さき火

たんぽぽの絮が着地をするように子が近く住む　もうすぐ三人

もう二度とあの夏はない丸眼鏡の息子を連れし熊蟬の夏

半ズボンに丸い眼鏡をかけているあの子はほんとうに淳であろうか

熊蟬の翅透きとおるさびしさはわれまだ若き父なりしゆえ

おたまじゃくし長く見ていて立ち上がる犍陀多を見ていたような疲れに

どれもどれもふくみわらいをしているよおたまじゃくしが水槽に太《ふと》る

小杉醤油店

濡れながら若者は行く楽しそうに濡れゆくものを若者と言う

上野不忍池

鰻塚箸塚髪塚鋏塚思い屈することと人に多き

廂《ひさし》まで樽積まれおり四つ辻の小杉醤油店西日の烈《はげ》し

素通しの裏庭見ゆる裏庭の樽に西日の当たりいる見ゆ

電気洗濯機に搾り機というローラーのありたる頃の紺の朝顔

憎帽《そうぼう》細胞さわだちやすき嗅球《きゅうきゅう》に陽が射すごとくタンポポの花

ジョゼッペ・カスチリョーネ老い深くして支那服の膝に射す陽は斜めに射せり

自分の足跡がどこまでもついてくるという感じ午後をねっとりわれを離れず

夕焼けを押し倒すように大股に男ゆくなり陸橋の上

## 浮力

かすかなる浮力となるか路地の風秋の蜻蛉はつながりて飛ぶ

どこまでも秋なれば不意に秋というかなしみが湧けりとり残されて

薄目して亀が見ており亀としてあり経し時を過ぎゆける雲

亀に降る光はいつも眠たくて薄目をあけて雲を見ている

朴の葉の落ちたるあとの欠落をいちはやく埋め暮れてゆく空

昼月は透きつつかすか残りたり鉄条網に咲ける昼顔

抽出しはいつも昔の匂いして芒の戦ぎ機関車の音

床下に梅干しの甕を蔵いたる妻の下顎にんまりとせる

# 二〇〇〇年

## 三月書房

朝の光は折り目くっきりしていると出合い頭《がしら》に人は言うなり

荒神橋半ばの時雨《しぐれ》君が死ののちもつづける此の世の時間

陀羅尼助《だらにすけ》の看板に射す夕ひかり「わたしが死んだら忘れておしまい」

いつまでもわれを包みて霜月の時雨　寺町南《みなみ》へくだる

下御霊《しもごりょう》神社の脇をすり抜けていつものように三月書房

若きよりひそかにわれの畏れ来し鼻眼鏡やさしく老いし主《あるじ》は

ドゥールーズ・ガタリ・ゲーデルぐらぐらとわれの関節いずれもゆるむ

ふくろう

後ろ手に隠しているのは月だろうか裸木の枝に瞑《つむ》るふくろう

薄目して見ておれば世界は後退す寒月光のなかのふくろう

花見小路新橋ここに白川を渡せる橋のありて渡りき

自意識の過剰はさびし石段をかすか濡らして日照雨《そばえ》すぎにき

〈消音〉の画面のすみに泣く女恍惚としてただ泣けるなり

## 天狗舞

橋半ば時雨に遭えりこだわりておれば親しも死者もその死も

対岸は時雨此岸はもう暮れて死後に持ち越す憎しみは無し

柿紅葉《もみじ》のひと葉ひと葉に陽は射して後半生とうことばやさしも

路地を吹く風はぬるくて亀の子のたわし吊らるる店先を過ぐ

遊ぶこと少なくなりしを嘆き云う互《かたみ》に嘆くは楽しむごとし

天狗舞は金沢の酒降る雪のさやさやと唇に触るる辛口

## 茂吉の墓

右大臣大久保公の碑のまえに茂吉之墓と小さく記す

紅梅のほつりほつりと開くした茂吉之墓に斑陽《まだらび》の射す

アララギの一本枯れて斑陽《まだらび》の茂吉之墓の小さかりけり

夫《つま》もその妻も幸せにあらざりき白き花白く枯れたるままに

夫の死後三十年を楽しみて生きし輝子にその墓あらず

大久保公の大いなる碑に来て鳴けり嗚呼嗚呼嗚呼とただ嘴太鴉《はしぶと》は

ゆくりなく島村速雄の墓に遇うこの墓地百年という時の日溜り

## 太陽の塔

岡本太郎のくちびる思う〈太陽の塔〉の高さをモノレール過ぐ

枯れ色の芒わずかな雪を載せて雪の重みにみな傾ける

吉田神社節分祭の雑踏に液体窒素をそろそろ運ぶ

いずこにも美しき団欒とうがあるごとく雪に没して灯ともせる家

家の境の椋の巨木はいつよりか伐って欲しそうなり雪の日はことに

官有地より斜めに伸びる大黄櫨にこってりとした夕日が重し

石段にザラメのように雪残るそわそわと父はすぐ帰るなり

小比類巻かほる

夕ざくらしずかに揺れて振りこぼす花にほのかな重力きざす

青葉木菟《あおばずく》声のみ聞こゆ皺ばめる月が神社の背後より出づ

膨らんできたる桜の量感に呑まれてしまう吾も、月さえ

誰待つというにあらねど昼の茶房小比類巻かほるの声ならわかる

ただ一度死ねば済むこととりあえず結論だけを先送りする

「性は決して自明ではない。ことに男という性は、回りくどい筋道をたどってようやく実現しているひとつの状態に過ぎない。」 多田富雄著『生命の意味論』

女は存在、男はただの現象と言われてみればそうかも知れぬ

柿の木が夕日に一本残っている記憶領ぼうぼうと膨らみ翳る

放火魔の女狂者の家としてかの日怖れし家かこの家

鳰の海

五十年も死んだままなるわが母よ茅花《つばな》穂に立つ穂のなびくまで

ものわすれ鵙《もず》の速贄《はやにえ》鳰《にお》の海　死んでいること辛くもあるか

速贄となりて蜥蜴は枯れ葉色の身を折る　ひとつ、歌で媚びるな

笹の葉のなかに熟《な》れたる米ありて南方熊楠読みあぐねいつ

ビニール袋に豆腐を入れて帰り来る誰もいない日はまだ陽のあるうちに

鳥辺野、六道珍皇寺に冥府への入り口という井戸がある。彼には夜と昼の二つの顔があったと、云々

小野篁《おののたかむら》夜毎出仕をしていたるこの井戸ぞ閻魔庁への近道

鳥辺野より嵯峨野へいたる黄泉の道京都の地下をななめに走る

ヒメジョオンの原に首輪の落ちいたり錆びし首輪に錆びたる鎖

大嚏《おおくしゃみ》あれは男か女かと近道をして路地ぬけるとき

「ほんとうのことをいおうか」最後までとっておくべし本当のことは

＊「本当のことを言おうか／詩人のふりはしているが／私は詩人ではない」谷川俊太郎（詩集『旅』）

朝を疲れて

こんなにも朝を疲れて行き過ぎる放置自転車を覆う葛の葉

石炭ストーブにあまた載せられいし頃の弁当箱のアルミを思う

俺の辞書を折って使うな、どの辞書も妻の折りたる跡ばかりなり

我の比較につねに息子を持ちだして息子を誉むるはなにゆえならん

忙しき妻と帰り来《こ》ぬ娘この二、三日ピザばかり食う

シカゴピザ配達の青年と懇意になり五〇パーセントの割引を受く

買物という楽しみをおぼえたる妻の朝より子を誘う声

## 癌家系

食道癌取りて帰り来し父がつぎは膀胱とこともなげに言う

手術予定は夏まで詰まり晩年を癌と昵懇に生きゆくならん

つぎつぎに癌はできるとあらかじめ伝えてあれば父は明るし

手術して眠れる父を置きて出る廊下夕食の膳に賑わう

耳の遠きは長生きをする徴《きざし》ならんと言えば素直にうなずいている

この父より受け継がざりしひとつにてあっけらかんと楽天をせる

## 異郷

神経を病める幼き姪へ書く書きては消してまた書きて消す

さりげなく書けよと妻はわれに言うからすびしゃくのほの翳りつつ

河野君江歌集『七滝』をゲラで読む

つつましく商売にひと世終えんとする人の歌なり歌集にて読む

生きているかぎりはそこが異郷にて異郷に死ぬと決めいるらしき

祐天寺

チャウシェスクとチャウシェスクの妻銃殺ののち一万足の靴映されき

ダリのキリンのネクタイをして現われしこの青年は息子でもある

河原町三条不二家の前にいつよりかペコちゃんを見ずその赤き舌

クォークにチャームを加え素粒子の世界いよいよはなやぐらしき

月に幾たび東京という空漠の夜を択びてまた酒を飲む

四半世紀隔てて来る祐天寺この藤棚に見覚えがある

頑なにただの人なる死を願いし鷗外の悲しみを少し理解す

## 楕円の石

手負いの鹿のようにミルクを飲んでいる娘を置きて書斎へこもる

いきさつは知らねど恋はむずかしき局面ならんか子の歌を読む

リアルタイムの恋の顛末子の歌の修辞の向こうに読み取らんとす

退屈の亀を背負いて亀眠る呼《こ》盧《ろ》呼《こ》盧《ろ》戦《せん》駄《だ》利《り》摩《ま》橙《とう》祇《ぎ》莎《そ》娑《わ》訶《か》

子が生まれ子に子が生まるるまでの日々大かたつむりしずかに伸びる

幼子のいまだ言葉を持たざるはまっすぐに見てまじまじと見る

小高賢歌集『本所両国』読了

四四四首おさむる歌集のモチーフは死であらんかとわれは頷く

歌を読むなら２Ｂできれば４Ｂの鉛筆をもて読みすすむべし

深川の「伊せ喜」どぜうの丸鍋に思うは鷲尾、否小高賢

重力にもっとも強く引かれいる胃のありどころ通夜よりもどる

前登志夫「山上の処刑」(『子午線の繭』)を思う

死者をみな楕円の石に眠らせて沈黙は日照雨《そばえ》のごとく明るし

風景はつねに昔にまきもどる白たちあおい紅たちあおい

懐手《ふところで》しているようなおたまじゃくしの胸からひょんと手が飛び出した

オヤニラミ

尾を落とし今宵陽気な蛙らがおぼろぼろぼろ月に寄りあう

手の指のむずむずするは水掻きのはえくる気配　人は抱かれて

饂飩屋の簾《すだれ》灼けいつ内側に花は捲《めく》れてダチュラは枯るる

オヤニラミ飼える隣の大将はステテコが好きでステテコ干さる

アロマホップの香りの強き地ビールのふくろう印のビールは届く

ふくろうのラベルの地ビール飲ますとぞ飲みに来よとぞ常陸の国ゆ

美大生隣家の離れを借りたれば夜の窓にはパンツ干さるる

幾夜もかけてゴジラを造りいる隣家の窓は今夜もあけっぱなし

まだできぬゴジラを窓に確認し締切り過ぎし原稿に向う

完成したるゴジラを窓に置きしまま今夜は彼は帰らぬらしき

## はだかの蛍

ほたるほうたる風が攫える体重のはだかの蛍を掌《て》の窪《くぼ》に載《の》す

人体の前後を決める遺伝子と左右を決める遺伝子がこと

前後軸、左右軸また上下軸　軸さまざまに人体暮るる

杭を打つひと野にありて夕暮れの野に沈みゆく一本の杭

マッチ棒茄子に刺されて茄子は立つ立ちたる茄子はむらさきの牛

ハーメルンの笛吹きのごと朝光《あさかげ》に老人たちを集めゆくバス

時間かけて一人を降ろす　夕暮れに老人たちを配りゆくバス

聖護院八ツ橋　元祖と本家道を隔つ午後の暑さに蟬しずみ鳴く

海岸の坂を登ればしずもれる熊楠記念館　夏至のデスマスク

摩羅の語源を調べなどして熊楠の一所懸命不気味に可笑し

## 亀の退屈

薄目してはるかな風を感じいる亀の退屈私の退屈

水平という平無《たいら》し海峡を押しあげて巨きタンカーは過ぐ

汚れたる白鳥の胸　白鳥の胸押しかえし水に力あり

朝光《あさかげ》に自転車はほそき影置けりまだわたくしは背伸びもできる

曼殊院　二首

幽霊の軸は冬にも掛けられて冬日衰ろうなかの幽霊

掛け軸の枠をはみ出し描かるるこの幽霊に冬の陽淡し

市川康夫先生　二首

あるだけの髪を吹かれて向こうむき老い給いしを師とぞ思える

いちはやき語尾の力のおとろえを電話に聞けり語尾こそは力

## 南半球

ふくらはぎがこんなにだるく五十代はまだ元気ゆえ疲るるものぞ

八月は死者多き月　炎天に鎮まりてあちらにもこちらにもマンホール

David Walsh. シドニーに住む友人の死は　唐突に　電子メールで飛び込んできた。お決まりのハートアタック。私より二歳年長の五十五歳。十数年、彼とはさまざまな国のさまざまな町で出会った。会えば二人で飲んだくれたが、ジョークばかり飛ばしている彼のオーストラリア訛りのわかりにくかったこと。今年の秋から始めることになっていた共同研究も、ついにまぼろしになってしまった。

死は簡潔に伝うるが良し　三行のメールにて知るその心停止

南半球　冬のシドニー　簡潔に一科学者の葬の終わる頃

デイヴィッド小男なりし絶え間なきジョークの果てに死んでしまえり

I can't believe it《しんじられない》……　その妻の語尾は尾をひく無念は語尾に

奇形病学者《テラトロジスト》　性《さが》陽気にて業績の少なかりしよ　わが友にして

共著論文ひとつ残れりデイブとの共同研究遂なる未完

まだ死ねぬ蟬が仰向き羽を搏つ死にきるまでの体力をこそ

完全な〈死〉となるまでのながき時ながき助走に息つめている

## 嘘

つぎつぎに先回りして灯をともす人感センサーといういやな奴

共有した時間というのはほんとうに安心なのか弥勒よ弥勒

忘れてしまう者が遂には強きかな忘れ得ぬ嘘を熾《おき》のごと飼う

埒《らち》もなき鯰《なまず》のように頷《うなず》いてやさしき嘘は受け容《い》るるべし

あちらにもこちらにも開いている笑っている秋のアケビの山姥《やまんば》の口

## レンタサイクル

なに切りて来し妻なるや鋸《のこぎり》と大釘《おお》抜きを下げて入り来《く》

傷ついて帰りくるときたいていは元気なり妻の手より酢漿草《かたばみ》

もっと削れもっと断れと妻を叱るわれの言葉はわれへの言葉

抱え来し雨を一気に落したる雲消えて比叡がひとまわり膨るる

二十五年ぶりに軽井沢へ　五首

嘴《はし》太き群馬のカラス「群馬の」と云えば何かがはじけて可笑《おか》し

二人乗り自転車に人を乗せてゆく駅前を出てりんどう文庫まで

有島武郎の死にたる跡の小暗《おぐら》きにそこかしこ黄の臼茸《うすだけ》は生ゆ

万平ホテル夜の明かりに向きあえど Clos《クロ》 de《ドゥ》 Vougeot《ヴジョ》 はまだ固すぎる

曲がり角に栗の房花《ふさばな》おもく垂れ夜が膨らむ闇が膨らむ

ひとりずつ死者には父母《ちちはは》あるゆえに死はいつもいつもひとつのみの死

殺されし、また殺したるそれぞれに父母《ちちはは》ありてわれは悲しむ

はてしなき時間が過ぎて降りつもる笹の葉あれば老いねばならぬ

灯をつけぬ庭おもしろし姿なく影なきものらひたひたとあそぶ

趣味でやるなら研究などはやめてしまえと語の勢いに己《おのれ》驚く

引き止めてもらえるものと思いいるこの若者は去らしむるべし

梔子《くちなし》が廊下の端まで匂いくる標本室に鍵かけるとき

## 固有名詞

堀を埋むる大賀蓮にも雨は降り秋田初秋の雨のあかるさ

線路を越えればそこ蚶満寺《かんまん》駐車場芭蕉句碑までゆっくり歩く

象潟は奥の細道北限地芭蕉饅頭芭蕉煎餅

陀羅尼助の大看板を濡らしつつ時雨あかるき中京の路地

わが庭の江戸柿はまず猿が食い落ちたるは狸が来て食えるらし

## 男女群島

疲れやすくなりたる妻を伴えば桜紅葉のしたのゆうやみ

どんどんと臓腑が上下しているぞ桜紅葉の坂くだりゆく

江戸柿と教えられたり渋柿のこの大柿は庭中央に

牛乳石鹸の泡につつみて嬰児を洗えり若かりしかの日のごとく

男女群島そんなに遠いか携帯の電波とどかぬ彼方の息子

一年前、突如破産通告をして経営者らが姿を消した「釣の友」社。息子を含め残された数名の社員たちは再建に向けて立ち上がったが、それもついにかなわなかった。

悔しさに泣きたる日よりはや一年こたびは泣かず再建ならず

夜と朝はひとつづきなり原稿がまだ足りぬ、そう最後の五枚

フリーズとわれは言い娘は固まると言いあいて嘆く消えたる歌を

# 二〇〇一年

髭の漱石

利休鼠深川鼠銀鼠雪の青鷺雪にまぎれず

半ばまで凍りし池よ夕暮れの深泥池に降りつもる雪

雪降れば雪を被りて灯りいる庭の灯《あかり》になお雪は降る

老婆ひとり拝みいたるを知るのみの石塔残され小さく雪積む

高きカラーに首しめあげて律儀なる髭の漱石髭をかなしむ

目の下の弛《たる》みわれにもある弛み髭の漱石何歳の頃

頸高く反らせて二羽の丹頂の対える間《あい》に透かしの漱石

某

老い人に老い人出会う下御霊《しもごりょう》神社に冬の光あそべる

重力の戯れとしていずこにも風花吹かるる歳末の町

高橋和巳を知らぬ世代を引き連れて酒を飲むことさびしくもある

戦前のこと聞くようなな目をするなバリケード・ゲバ・浅間山荘

竹に降る竹の葉に降る雪の音《おと》のはかなきを言えり術後の人は

この家にひとり残るのはどちらかとまだしばらくは気軽な会話

竹やぶの奥に陽が射す「ここに住みここに死にたる歌人某《なにがし》」

## 旧道

足跡に水溜まりおり水に降る雨のさびしさ午後深きころ

土濡るるほどならねども雨すぎてこの旧道の白梅の花

黒土は乾きはじめてひと畝を時かけて打つ義父の背は見ゆ

陽に透けて柿の若葉よ旧道に早く終《しま》える漢方の店

春の水盛りあがり堰を越えるところこころ危うき人を率《い》て来し

疲れやすくなりたるひとに歩をあわせ行けり桜の蕊《しべ》敷ける坂

川端通りの桜並木はなかんずく電話局のあたりが見ごろとなりぬ

裏山ゆ青葉木菟鳴く二声を単位に鳴きて楽しまぬ声

ささくれて尖ってそして寂しくて早く寝にけり今宵の妻は

家族みな疲れて言葉とげとげし曇れる午後は迅く暮れたり

足の裏手のひらのツボの図解付きツボ押し棒を妻も娘も使う

握りいし手よりコトリと椎の実が落ちて幼なの眠り唐突

『帰　潮』

竹の幹に竹の葉の影揺らぎおりいつまでを中年と呼ばるるものか

指の跡見えつつ塩の盛られいる玄関を入る人に会うため

誰からもまして家族に遠ざかりいたくて歩く路地から路地を

うちのめされてひとり行くとき葭簀《よしず》多く吊るせる路地に日は温《ぬく》くあり

遠慮がちに傍線いくつも引かれいる『帰潮』初版本を時かけて読む

代表歌といわるる歌に印なきこの古本をわれはよろこぶ

どこまでも夕暮れの町大阪は　門真市までをモノレール行く

敵を作らぬそんな男があふれいる授賞式会場の笑顔と笑顔

伊吹山薬草園より届きたる薬草の湯に首まで浸る

薩摩切子掌《て》になじみたり薩摩にはしぶやしげきとうへんちきりんな記者

## 矛盾

葉のおもてそして葉の裏あいまいにひとは笑える笑い続ける

自意識にがんじがらめの影かたく坂のはるかをうつむきて来る

コンビニの硬い光を出でくれば海辺のような暖かい闇

ゼノンの矢・アキレスと亀いまそこにあるものについに人は足り得ず

やめてしまえと怒鳴りつけたり背の高きこの学生を見上げるかたち

おろおろと涙ぐめるは見て見ぬ振り息子より若きこの学生は

## 選歌

選歌用紙に子の落書きのおもしろき江戸雪の歌稿が最初にありぬ

ファーストネームだけの作者の歌も読むなんだこいつはなどと思いつ

午前五時「塔」の選歌の終わりたり夜の明けるまでをぼう然と居る

しとしとと椿の花は落ちつづく選歌を終えし夜明けの庭に

とりあえず眼鏡のあわぬ所為《せい》にして眼精疲労も疲れの一部

選歌に殺されしとう宮柊二をこの頃肯定しているしかも本気で

## アメンボ

アメンボを支えしずかに動かざる春早き水の表面張力

水を蹴り水を辷りてアメンボはついに世界を突き破れざる

職場より家に持ち来し不機嫌を遠巻きにしてこの小家族

ゆっくりと膨らんでまたゆっくりと縮みいるなり夜の病廊

割り箸の袋に書いてそのままになりたる二首や　山茱萸《さんしゅゆ》の花

一列に蛇口が空を向いているもうすぐ櫂が来る保育園

草の間に水ひかりおり黯《くろ》き水早春の水早春の土

# あとがき

一九九九年（平成十一年）から二〇〇一年（平成十三年）までの作品、三九五首をまとめて一冊とした。『風位』に続く私の第九歌集ということになる。

　前歌集『風位』は、「短歌研究」誌上における二年間の連載を中心に組むことになったが、この歌集ではかなりの歌が時期的にそれと重なっている。第八、第九と歌集としては分けてはいるが、改めて読み直してみると、時間的に重なったり、前後が逆転したりと、不思議な時間の歪みを体験することになり、自分でもおもしろかった。

　しかし、全体の印象としては、同じ時期の歌と思えないほどに違った印象を私自身が持つことになったのは、ちょっとした驚きであった。前の歌集がどちらかといえば表の顔を見せていたとすれば、今度の歌集は、裏の顔とでも言えばいいのだろうか。ちょっと違う気もするが、昼と夜、表と裏とそんなことを考えさせるほどに、どこか沈潜の仕方が違うように感じたことだった。わずか三年という時間であるが、歌集の前半と後半でもずいぶん印象が違う。なによりこの歌集が、これまでのどの歌集とも違った雰囲気を抱え込んでいることに、私自身が驚いている。この漠然とした印象がどこから来ているのかは、まだ自分ではわからない。

歌集名『百万遍界隈』は、第七歌集『荒神』と同様、私の職場に近い地名に由来する。青春時代以降、東京と米国に過ごしたわずかな期間を除いては、私の人生のほとんどをこの百万遍を中心とした地域で過ごしたことになる。まことに狭い生活圏であると思うほかはないが、それだけにこの「界隈」まで来ると、なんとなくほっとした安心感を感じるのもいつものことである。歌の多くも、いやおうなくこの界隈の影を引いているのであろう。あと六年ほどで私も定年ということになるはずである。そんなことを漠然と考えるとき、この『百万遍界隈』という歌集名が、懐しいようなさびしいような、不思議に懇ろなひびきを感じさせてくれるのである。

今回初めて青磁社のお世話で歌集を出すことになった。個人的には、これ以上にうれしいことはない。担当の永田淳、植田裕子さんに感謝申し上げるなどと言えば、よそよそしい感じになってしまうが、このもっとも身近な二人が作ってくれたということだけで、この歌集は私にとって特別の意味を持つことになった。

中須賀岳史氏には、『風位』に続いて装幀をお願いすることになった。『風位』の力強い装幀はとても気に入っているが、今回の装幀も楽しみに待っているところである。

平成十七年九月二十日

永田　和宏

塔21世紀叢書第77篇

百万遍界隈

二〇〇五年十二月二十四日　初版発行
二〇〇六年　五月　十四日　二刷発行

著　者　永田和宏
発行者　永田　淳
発行所　青磁社
京都市北区上賀茂豊田町四〇—一（〒六〇三—八〇四五）
電話〇七五—七〇五—二八三八
振替〇〇九四〇—二—一二四二二四
印　刷　創栄図書印刷
製　本　新生製本
定　価　三〇〇〇円

ISBN4-86198-020-8 C0092 ¥3000E